GOBOOKS
& SITAK
GROUP©

後來,我總算學會如何去愛

金愍珍 김민진——著

李玟周 이민주——繪

陳彥樺——譯

高寶書版集團

你想回到那一刻嗎？

love talk
no.1

contents

Part 1
今天，我們分手了

Part 2
早知道更愛一點，眞後悔

love talk
no.1

contents

Part 3
奇蹟般的事，希望也發生在我身上

Part 4
又再一次想戀愛了

Part 1

今天，
我們分手了

今天，我們分手了

你最後一句的問候：要幸福喔！
而我回答：你也要幸福喔！
其實這並不是我的真心話。

實際上，我希望你不幸。

就算和別人在一起，也會彼此不合；
即使說著愉快的故事，也會沒辦法微笑，
真希望你再也笑不出來。

希望你走在路上，突然停下腳步，回頭看向後方；
希望你茫然望著空蕩蕩窗外的時間變長；
希望你回到空無一人的房間感到孤單；
希望你看著安靜的手機而感到失望。

吃飯的時候，
走路的時候，

工作的時候，
睡覺的時候。

希望你時不時地想到我，
而且想我想得很痛苦就好了。

那天、那時、那一刻，
希望你的幸福全都是假的。

沒有我的生活很無聊空虛，
無趣、厭煩、不幸，
最後發現沒有我就不能幸福，
再次回到我身邊就好了。

對不起。
但這是我的真心話。

離別的隔天

人生本來就不可能事事如意。

曾經是我最愛的人，
也是讓我最痛苦的人；
曾經一起度過最幸福時光的人，
也是讓我最孤獨的人。

我最想要見到的人，
也是帶給我傷害最多的人；
我最想要抓住的人，
也是我不管怎麼努力都留不住的人。

沒有一件事如我所願。

你的心，
我的心，
都是如此。

人怎麼可以這樣

因為太喜歡你，
你說什麼都聽你的。
因為太喜歡你，
你想要什麼都給你。
因為太太太喜歡你，
我願意為了你付出我全部的真心。

即使知道最後這些，
都有可能成為我的傷口。

不要對你太好，
因為對你越好，你就離我越遠，
這就是人心。

不要付出太多真心，
因為付出越多，
往後就會越痛苦。

爲什麼這樣

好，我放你走。
你說要走，我就該讓你走。
即使我再喜歡，如果你不要，
我們就成了什麼都不是的關係。

即使我抓著不放，你還是執意要走，
我們分手才是對的吧。

但我很好奇。
既然可以這麼輕易地拋棄我，
當初為什麼對我如此體貼？
既然可以這麼輕易地離開我，
當初為什麼要說那些誓言？
既然可以這麼輕易地遺忘我，
當初為什麼要讓我喜歡你？

既然要分離，當初就不應該開始。

不像理由的理由

離別的理由，有人這樣說：

因為太忙，

因為抱歉，

因為要做的事情很多，

因為沒有多餘心力，

因為沒有信心可以再讓你更幸福，

因為不得已。

這些都只是辯解。

喜歡的話，就不會拋棄，

拋棄的話，不過代表你的喜歡只有這種程度罷了。

對嗎？

所以，拋下我的你，

現在幸福嗎？

想要留下好人的印象嗎？

「雖然很愛你，但是我們不適合。」
「雖然很愛你，但是現在狀況不太好。」
「雖然很愛你，但是你對我太過分了。」
「雖然很愛你，但是不得已。」
「雖然很愛你，但是我們分手吧。」

離別時，別說這種話。

真心愛著誰的話，
無論遇到什麼狀況，都不會說分手。

既然相愛，為何要分手？

別說無謂的話。

你只不過是想留下好人的印象罷了。

變心就說變心，

討厭就直接說討厭，

好好說話。

我不會抓著你不放的。

但還是，只有你

我以為這次不一樣。

只有你，在任何一刻都會相信我。
只有你，在任何一刻都會抓住我的手。
只有你，在任何一刻都會理解我的心。

只有你，在任何一刻，
都會成為這樣對待我的人。

我知道你很辛苦。

但還是，只有你，
不該離開我。

已經是過去的故事

我不是因為你說忙而生氣。
以前在忙碌的日子裡，
無論你因為什麼忙碌，
讓你忙碌的事情是什麼，
仍會為我說明忙碌的情況。
而現在要你聯絡我，
彷彿令你厭煩，
這是我最傷心的地方。

我不是因為你說累而生氣。
以前在疲憊的日子裡，
無論你因什麼事疲累，
讓你疲憊的問題是什麼，
你都會跟我說那些發生在你身上的事情。
現在你和我見面，
彷彿很不情願，
這是我最受傷的地方。

我知道你也很辛苦。

但是，你與以前不同的態度，

似乎是對我變心了吧？

我感到非常不安。

當時我忍住的話，

當時我理解的話，

當時我那樣的話，

我們，是不是就不會分手了？

我很有事

離別後，我越來越會說謊了。

看起來沒有力氣，
隨便應付說是因為沒睡好。
好像瘦了，
就以工作忙來當藉口。

因為臉色不好，
而有人擔心來問的話，
就騙他說感冒了。
有人問我發生了什麼事？
我努力笑著回答沒事。

最近就這樣，
假裝過得好、活得好、什麼事都沒有，
就這樣過生活。

其實我很有事，
不可能沒有事。

回想過去

充滿惋惜。

即使喜歡你，
也無法輕易靠近你。
在你靠近的時候，
總是忙著隱藏內心。

即使坐在你身邊，
仍然一直擔心你離我遠去。
和你在一起的每一刻，
幸福的同時，也感到很不安。

一直希望成為對你而言的好人，
但因受傷的心，我不知不覺變得很矯情。
雖然知道你漸漸疲倦，
但我只能靜靜看著這樣的你。

我不想放你走，
用盡全力抓住，
想要奔向你的心依舊跳著，
但我不得不送走要離開的你。

與你相遇，
從開始到結束全都充滿惋惜。

眞是慶幸

這時候分手了，真是慶幸。

只有我一個人在努力糾纏，
我們的關係終究還是結束了。

雖然離別後很悲慘，
但現在覺得真是慶幸。
不會再有互相傷害的事發生，
我們的關係到這裡就此停止。

人心不是我獨自努力、獨自糾纏，就可以擄獲。
現在我懂了。

不用再痛苦了，
真是慶幸。

離別早就開始了

回想過去，離別好像並不是突然到來。

你不讀我訊息，
卻對他人的 Instagram 照片按讚。

和我面對面聊天時，
雙眼不看我，而是看著手機。

曾幾何時，聯絡次數減少，
總是說很忙很累的你。

嚴格來說，
這所有的瞬間都是離別時刻。

所以我，

決定不問你為什麼要這樣。

決定不好奇理由是什麼。

因為我知道聽到答案後並不能回到以前的關係。

在冷卻的心面前，

我還能做些什麼？

就這樣安靜帶過吧。

我真心討厭的

從你口中說出對不起這句話，
真的讓我覺得很討厭。

已經讓我很傷心，
已經讓我很難過，
我的心早已被你撕成碎片，
以為一句對不起就能解決一切？
我討厭你的若無其事。

不過仔細想想，
我討厭的不是那句對不起。

我真心討厭的，
不是那句對不起，
而是你明知道我難過，
卻又讓情況反覆發生的，
你的無心。

明知道我會難過，
就不該讓我難過。
明知道我會傷心，
就不該做出令人傷心的舉動。

先打一棍子再給糖吃，算什麼？
一開始就不該傷害我才是。

我被撕碎的心，
能用一句對不起帶過嗎？

送給拋棄我的你

有什麼好對不起的？
不過是我對你來說只有這樣的程度。

現在才說這種話有什麼意義。
你又不會回來。

你的消息

或許，我的期待，
也許，我的希望，
應該要全都放下才是對的。

因為我想到，
你隨時、或許、也許
會讓我哭。

我聽到你過得好的消息了。

好吧，我是期望你過得好。
或許，你過得好是理所當然。

事實就是，
我對你來說只到這個程度。
於是這一刻，我感到難以承受。

眞正的內心

在網路上看到了這段文章。

「你不是在想念那個人，
你只是在想念深愛著某一個人的自己。」

與其說想念當時的那個人，
不如說是想念那時、那個階段，
自己深愛著某一個人的模樣。

但，真是奇怪，
我，就只想你。

即使時光流逝，
也許你遺忘了我，
而回憶早已模糊，
我仍然想你。

我還是會深深愛上某個人，

如果那個人是你就好了。

希望是你。

無論當時、現在，以及未來都是。

所以，回來吧。

如果你看到這段文字的話。

大概在這時候，重新

也許時間是解藥。

你給的傷害漸漸痊癒，
與你的回憶漸漸模糊，
你就這樣漸漸離我遠去。

時間成為解藥的那些時刻真討厭。

就這樣慢慢遠離過去時光，
就這樣慢慢越來越沒事了。
你抹去了我，
而我擔心就這樣永遠失去了你。

在更遠離之前，
在更模糊之前，
彷彿什麼事都沒發生，

大概在這時候，
若能重新聯繫該有多好。
大概在這時候，
若你重回我身邊該有多好。

要等待嗎？
還是，
就此放棄？

你

想要把你留在我身邊，我懇切地祈求。
想要抓著你不放，無論使用哪種手段。

你知道嗎

我們曾經常去的那個地方，
每次經過的時候，
我仍然時不時停下來回頭看。

並且確定後方什麼都沒有之後，
再次踏出腳步。

抱歉，我還是放不下希望。

你冷酷地丟下我，
但我仍然活在你會回來的錯覺之中。

你不曾給我希望，
但你的無消無息又再次令我難過。

未完結的故事

如果你也曾長久地等待某一個人，
你就會懂這種感覺。

相較於未約定的等待時光，
更令人感到折磨的是，
突然有了這樣的想法：
「對這個人而言，我什麼都不是。」

我可以等，
只要你過來。
但我知道那是不可能的。

問候

要多久時間，
才能忘掉你？

還要過多久，
才能若無其事？

現在，連你的臉龐都變得模糊，
假裝淡然，假裝若無其事，
但事實是每一刻都在想你。

很想看看你，很想念你，
當時的我們，令人感到惋惜。
於是，不知該如何是好，
現在依舊一如既往。

你呢？過得好嗎？
沒有我也是嗎？

斷念

以為持續等待，總有一天你會回來。

我們不是分手，
而是為了重新相遇而暫時分開。

我曾相信我們可以重新和好。
但現在我知道了。

會來的人，即使我不殷殷期盼，
依舊會來到我身邊。
不會來的人，即使我等到天荒地老，
依舊不會來到我身邊。

雖然希望你回來，
但即使你不回來，現在我也不怨你了。

我們分手這件事，
並非是因為你變心了，
而是因為我們沒緣分。

我們若有緣，
你會再回來的。

我們若沒有緣分，
我身邊，
一定會再出現更好的人。

最終，仍是你

留戀著命運般相遇，
不願錯過的那個人，偏偏是你。
明知道該忘記卻忘不了，
長久以來想念的那個人偏偏是你。

關於你的一切全都是我的錯覺與誤解，
在我明白的這一刻，
放在心上的，最終，仍是你。

每一刻都是愛，
每一刻都是渴望。

當時的每一刻都有你在。

最美麗的季節

無法停止回憶你，
此刻沾染了你的季節，
是最美麗的。

數千數百次想要挽回，
與你在一起的時光，不曾有過美好記憶。

是拋下我，成為一個壞人；
或是成為好人，永不拋棄我，
你只能選擇一個。

既然你選擇遠遠離開我，
為什麼又想留下好人的印象？

讓我無法討厭你。

那天、那時、那個地方

因為錯覺和誤解，
你太體貼，
而那份體貼，
大大地動搖了我。

你，
沒有錯。

動搖，
是我的錯。

我會漸漸變好

分開後曾幻想與你復合。

在 YouTube 上看了很多塔羅牌的影片。

〈復合運勢〉

〈那個人現在的心情〉

〈何時會再聯繫我？〉

〈復合的好時機〉

等等……

整天都在看這種影片，

出現好結果就安心，

出現壞結果，

就等到出現想要的結果為止，

又再找其他影片來看。

但不管我等了幾天幾夜，

你始終沒有回到我身邊。

就算塔羅說有好結果，
都無法改變，
你與我分手的事實。

如今在 YouTube 上看到這類影片，我都直接略過。
過去，殷殷期盼你的歸來，
現在，殷殷期盼沒有你的我漸漸變好。

希望今天也能平安度過，
千萬拜託好好度過。

請問

想要回到那一刻嗎？

不。

這太痛苦了。
這太、痛、苦了。

如果說是愛著某一個人，
如果說是看著某一個人，
如果說是等著某一個人，
如果說是送走某一個人，
如果說是離開某一個人，

這太、痛、苦了。

最後的問候

以前，
無論如何都想與你復合，
現在連那種想法都已漸漸不再浮現。

無論愛，討厭，思念，
現在都已不存留一絲情感。

有人說，
人際關係也有黃金時間。

距離關係恢復，
早已離得遙遠。

曾經非常愛過，
也已經痛了許久。

我們，別再相遇了。

直到接受離別為止

等待你回來。

一天看了好幾遍你的 Instagram，
確認 KakaoTalk 頭像照片，推敲你現在的想法。

也許你也在思念我？也許你和我一樣痛苦？
也許現在這一刻你正在想我？

我知道並不然，但我實在無法拋棄希望，
你也許會回來。

過了很一段時間，我才發現，
這一切不過是我的幻想。

我們已經結束了，再也回不去了。
真的花了很久的時間，直到接受離別為止。
再見，現在該放你走了。

Part 2

早知道更愛一點，
真後悔

此時此刻，痛不欲生

離別後，我最常聽到的一句話是
「時間是解藥」。

我也知道，
時間可以解決一切，
但此時此刻的我痛不欲生。

時間過了，
現在這一切都會逐漸沒事，
變得模糊。

即使我知道這個事實，
但仍無法安慰現在的我。
我現在就是想看到那個人，
我現在就是很想念那個人，
我現在就是很痛苦。

「時間是解藥，馬上就會好。
暫時的痛苦，很快會過去。
說這些話有什麼用呢？」

我也知道，
時間過了，總有一天會沒事，
但此時此刻的我痛不欲生。

無論什麼話，
什麼事物，
都無法緩解我現在的痛苦。

我每天都在祈禱。

如果我現在面對的不幸，
是無可避免的話，
是勢必只能接受的話，

這不幸的程度，
希望是我能承擔得起的程度。

希望是能承擔得起的痛苦，
能忍受得起的傷痛，
能堅持下去的試煉。

早知道就少愛一點

早知道就少愛一點，真後悔。
少愛一點的話，分手後，
應該就不會這麼痛了。

早知道少相信一點，真後悔。
少相信一點的話，分手後，
應該就不會這麼悲慘。

我曾告誡自己，下一次戀愛時，
要適當的愛，
適當的相信。

但幾年過後，
重新開始一段戀情時，
我又再次用盡全力去愛，
用盡全力相信某一個人。

然後在用盡全力愛他沒多久後，
又分手了。

我又再次後悔應該要少愛一點。

重複幾次後我才明白，
我不是一個能夠適當去愛的人。

即使知道會痛苦，
我還是認為可以用盡全力去愛一個人是很棒的。

愛情哪來的適當，
光是看著愛人就開心到瘋掉。

假如愛情可以適當，
那一定是真的瘋了，或是不愛了，
只可能是其中之一。

哪種離別

相愛也有可能分離，
以前我不相信，
但現在我好像知道，
這句話是什麼意思。

當一個人厭倦另一個人，
在該生氣的時候不生氣，
在該難過的時候不難過。
當一個人不生氣也不難過的時候，
心就漸漸生病了。
心如果生病的話，
最後就會拋棄這個人。

不是因為不愛了，
而是因為厭倦了。

一個人難以承擔的時候

離別後的那陣子，
我沒跟任何人說我分手的消息。

承受離別傷痛已經夠辛苦了，
還要裝作若無其事一一跟他人說明，
這樣簡直太累了。

盡量在親朋好友面前隱藏，
與平時一樣進公司上班工作，
時間到了就下班，靜靜當個上班族。

那個時候我自認為承受得住。

就這樣過了幾週，
覺得比較安定後見了朋友，
說出我分手的消息。

安靜聽我訴說的朋友，
彷彿驚訝到說不出話，
過了一會才看著我問說：
「你還好嗎？」

因為這句話，原以為乾涸的眼淚，
如洪水般一湧而出。
我以為我承受得住，其實並不然。

我，不是很好。

那天跟朋友道別回家後想了一想。

曾以為告訴他人自己的不幸，
是一件很痛苦的事。
沒想到說完後，雖然有點辛苦，
但心裡反而變得更平靜一些。

所以正在閱讀這段文章的你，
希望你不要選擇獨自承擔一切。

向他人訴說你的痛苦，
雖然會想起痛苦的那一刻，
必須一一跟他人說明那段記憶，
但無論多辛苦，
如果一個人難以承受的時候，
希望你可以和身邊的好朋友們分享這份痛苦。

只要你伸出手，
他們隨時都能成為你的安慰。

後遺症

隨著年紀增長，
對我來說重要的事物也慢慢增加，
我這才知道，原來擁有並不一定是好的。

曾失去過某人的人一定會懂。

越珍貴的事物，越快遠離你。
越是迷戀它，
內心的創傷就越大，
越是無法挽回，
終將離去。

我珍貴的人生

離別後，我衝動地刪掉音樂 APP。
因為不管聽哪一首歌，都像自己的故事。

離別後，有一陣子只待在家裡。
因為不管去到哪裡，都會想起與那個人的回憶。

離別後，我不接媽媽的電話。
因為接起來的那瞬間我似乎就會開始掉眼淚。

離別後，我不見朋友們。
因為要訴說當時離別的故事對我來說太痛苦。

什麼事都做不了，也什麼事都不想做。

就這樣躲在房間角落好幾天，
一個人畫圈圈。
獨自憂鬱，

又因為憂鬱，
真的快要瘋掉了。

於是我又悄悄重新下載音樂 APP；
到家門前的公園散步；
跟媽媽通電話；
和朋友見面吃飯喝酒。

好像終於活過來了。

不要因為拋下我離開的那個人，
放棄生活中最重要的事物。

因為那個人而放棄某事物的話，
你的人生就太可惜了。
因為你的存在很珍貴。

面對分手的態度

離別後的那一個月，上下班的過程很憂鬱。
突然在某一瞬間覺得不能再這樣生活了。

與人分手雖是傷心之事，
但我也要過我自己的人生。
於是我決定了，
即使憂鬱，也要一邊做更有生產力的事。

因此，我仔細想了該做什麼。
首先，因為戀愛胖了不少，所以加入健身房會員。
參加平時有興趣的讀書與繪畫社團。
也聯絡朋友計畫一起旅行。

但在加入健身房不久後，
因為疫情需保持社交距離，暫時停業，
也收到社團暫時無法進行活動的通知，
更悲慘的是，旅行計畫被迫全面取消。

常聽到愛情有時機點，

在這場悲劇中經歷離別後，

我發現離別也很重視時機點。

因戀愛而沒有嘗試的興趣，現在想要努力去享受。

想要減肥，讓自己在遇見那個人之前變得更漂亮。

為了不讓自己有憂鬱的空間而去見朋友，

想要離開去旅行。

曾下定決心的一切，卻一下子化為泡沫。

我又重新回到上下班，

一個人憂鬱的時間。

沉浸在憂鬱的泥沼裡沒多久後，

開始看 YouTube 居家運動的影片，

也重新加入線上讀書與繪畫社團。

雖然不能跟朋友們去旅行，

或是招待朋友們到家裡吃飯，
光陰仍然匆匆度過。

在忙碌的生活中，
時不時會想起離開的那個人，
我依然憂鬱。

不過，比什麼都不做的時候少了一點憂鬱。

又過了幾週，
我藉由居家運動減了兩公斤，
因為招待朋友到家吃飯，料理實力提升，
透過線上社團讀了五本書，畫了八張畫。
另外，有人問我「還好嗎？」
可以笑著回答：「我很好」，
找回心理安定。

以此為契機，我領悟到三件事。

與人分手，
比我想像的痛苦，
而且不知何時能結束。

但是我能戰勝所有痛苦，
成為能笑著說「我很好」的強悍之人。

現在正閱讀這段文章的你，
一定也能安然度過。

為何偏偏在這種悲劇、這種時機點、在這種狀況之下？
即使這樣的想法每天都令你痛苦，
也千萬不要輕易放棄，
希望你能好好過你珍貴的人生。

無論什麼時刻，

在這世界上最重要及珍貴的就是你自己。

你是強悍之人。

即使站在不幸之中，

也不會輕易倒下，

好好地過吧，

這個珍貴的人生。

離別後沒有一件事順心

離別之後，各種不幸蜂擁而至。

公司正在進行的企劃被砍，
一起工作的同事離職，
我要做的事情越來越多，
媽媽突然病倒，
一直期待的徵選最終落選。

本來就夠辛苦了，彷彿要把我一次累垮似的，
全宇宙的不幸一下子通通降落在我身上。

離別後沒有一件事順心。
所以更令人憂鬱不想活。

與愛人分離，
做的每件事不是被砍，就是落敗和淘汰，
這樣活著還能幹嘛，我心灰意冷。

不幸之餘，被拋棄的我，
帶著數千數萬次自殺的想法，
度過每一天。

然而，某天突然靈光一閃，
往後不會再有比現在更不幸的時刻，
不是也不錯嗎？
往後不管遇到什麼樣的不幸都比現在好，
不會比現在更慘了。

說來好笑，在不幸之中，
我竟然找到了小小的慰藉。

自從那天之後，
蜂擁而上的不幸，
突然之間開始消失了。

成功加入公司新的企劃，

找到新進員工分攤工作，

媽媽也恢復健康，

雖然徵選失敗，

但我關注的對象對我的作品遞出很好的提案。

離別之痛仍然存在，但不再那麼痛了，

也不再出現自殺的念頭。

從不幸泥沼中脫離的我變得更加堅強，

於是下定決心，

將自殺念頭化為重新努力生活的動力。

是的。

宛如永無止盡的不幸，

總有一天也會結束。

即使與人離別，

即使事事不順心，

即使全宇宙的不幸接踵而來，

過一段時間後，一切都會變好的。

你也會變好的，

並且會有更美好的一天迎接你。

你也將遇到更好的人。

當時如果不說那句話，
我們是不是就不會分手了？

同樣的問題持續不斷，

跟另一半爭辯到情緒暴漲，

曾對他說「真的很討厭你這一點」。

那句話是導火線，

於是分手了。

離別後最常想，

真後悔我對他說的那句話。

早知道不要說那句話，

早知道當時多忍耐一點，

越是回想過去，越是迷戀和後悔。

「當時的我，如果不說那句話，

我們就不會分手了。」

這樣的想法持續了好一陣子，
在腦海裡揮之不去。

不過，就算沒有說那句話，
我終究還是會跟你分手。

即使當時忍住不說那句話，
總有一天會再次發生同樣的問題，
如果不解決根本的問題，
總有一天還是會說出那句話。

離別的原因，
並非分手前我對他說的「那句話」，
而是因為我跟他的「那個問題」。

別再自責，接受事實吧。

反覆重演同樣的問題，
不是他的錯，也不是我的錯，
只不過是我和他不適合。

不是因為我說「那句話」，
所以離開，
即使我沒說「那句話」，
我們終究會分離。

彼此的問題很多，
而針對那些問題，
我們沒有一絲想要磨合的意思。

必須避開的人

真正喜歡我的人，
不會讓我混淆，
我完全同意這句話。

好像喜歡，又好像不喜歡我，
會以曖昧舉動混淆你的人，
千萬不要把心交給他。

喜歡我的人會給我準確的答案，
絕不以曖昧態度讓我不安。

到底是喜歡我，還不喜歡我？
到底是曖昧，還是一般的親近？
我們的關係是什麼？

如果是會這樣混淆你的人，
別對他產生關心，他對你來說，不是好人。

這都是藉口

我總是在等待，
我總是在諒解，
我總是在體貼，
千萬不要跟認為我的犧牲是理所當然的人交往。

以忙碌為藉口，
以工作多為藉口，
以疲倦為藉口，
千萬不要跟只會要求你單方面犧牲的人交往。

忙碌之餘，空出時間，
第一個想到要聯絡你，
第一個去見你，
先安撫你的心情，
主動表達對你的感謝，
請跟這種人交往。

離別很冷酷

有一個人提出離別，
讓我哭得唏哩嘩啦。

他對我說現在沒有心力交往，
雖然很惋惜，但必須與我分手。
也許遙遠的某一天會重新見面。

以非常痛苦的表情，
那個人向我說出離別的話。

不得已的離別啊！
當時是這麼想的。

所以分手後，
總認為那個人會再回來，
等了好久好久，
思念好久好久。

然而，抱歉，
那個人不會再回來了。
過不久，經由他的朋友，
得知他有新的交往對象了。

人心易變。
他與我的關係已經結束，
與我分手後，
當然會跟其他人在一起。

但要我接受這是理所當然的事，
當時實在做不到。

倒不如冷酷地離開我，
為什麼要給我回來的希望，
始終溫柔體貼的他真是討厭。

世上沒有所謂的好的離別。

若我們真的結束關係，
那就請說我們結束了。
若沒有想要回來的心，
那就請說不會再回來。
若一等再等都不會來，
那就請說別等我，因為我不會回來。
冷酷地對我這樣說。

請不要表現得像會再回來，
彷彿有一天會再相遇，
說出那些話後再離開。

請讓我不要有任何迷戀，
請不要讓我擁抱希望，
冷酷地離開我吧。

最糟的離別

有些人一副很想要分手，
卻不說出口。
傳了訊息，好一陣子後才會得到簡短回覆，
不接電話的次數增加，
即使接了，通話時間也不到五分鐘，
說一句很累就掛電話。
各種藉口推託約會的日子越來越多，
好不容易見了面，卻擺出不耐煩的表情，
或坐在我面前不斷滑手機。

我也遇過這種人。

因為變心的他，
長時間忍受內心痛苦，
最後由我說出分手，
而對方卻這樣說：

「好，如果你想分手，那就分手。
但我們曾經還是相愛的，對吧？」

聽完這句話後我才明白，
他正在等待這一刻的到來。

因為不想主動先說分手，
因為不想成為壞人，
所以一直等待我開口。

得知那人的真心時，覺得自己太悲慘了，
我竟然因為這種人揪心好一段時間，
每一次的落淚都是浪費。

想要留下好回憶、好人印象的他，

卻事與願違。

當時的離別是我最糟的離別，

那個人也成了我交往過最卑鄙的壞人。

倘若看到這段文章，想起某一個人，

請別再難過，送他走吧。

那個人對你來說不是好人。

他只是不想成為壞人而誘導你說出分手的卑鄙之人。

為了這種人付出你的真心，

付出你的眼淚，真不值得。

請拋開想當個好人或善良之人的貪慾。

已經傷害得夠多了，

最後才說不是這樣的，

就能當作你的所作所為都沒發生過嗎？

雖然當時沒能說出口，
但你真的很卑鄙，
你是最糟糕的人。

我們分手的理由

跟另一半吵了很多次聯繫的問題。

剛開始以小吵架終結話題，
漸漸事情不斷重演，彼此間的隔閡也更深了。

為什麼聯繫不上，讓我傷心？
他說因為太忙無法聯絡，
不是什麼值得生氣的事，
別一直黏著他。

然後過了沒多久，我跟他分手了。

曾以為是因為我太執著，
才導致我和他分手。

但並不是這樣。

每次我因為和你的聯繫變少而難過的時候，
你總是擺出一副疲憊的表情。

每當我因為你疲憊的表情而傷心的時候，
你總會厭煩地轉過身。

我們分手並不是因為我執著，
是因為你變了，
所以我太累了。

如果在忙，請告訴我忙什麼；
如果會晚，請告訴我遲到的理由，
請好好解釋。

別把我變成無緣無故黏人的另一半。

我們的關係只不過是這樣的程度

曾因為小問題而跟另一半吵架分手。
那個人離開我的時候這麼說：

「我很愛你，
但我們好像不適合，
所以分手吧。」

既然愛我，為何要分手？

過去我不理解這句話，
但現在我好像稍微懂了。

雖然相愛但要離開的這句話，
意思是愛我的心，
比不上想要離開我的心。

雖然愛我，

但不能承受那個「問題」。

你對我的心意只不過是這樣的程度。

不用再解釋了。

你太任性，

我太累了，

我們的關係，

只不過是這樣的程度。

你只是先想到你自己

從善良體貼的男朋友口中，

突然收到分手的通知，

感覺自己快要瘋了。

驚訝＋傷心＋心痛＋憤怒＋荒唐＋錯愕＋混亂，

各種複雜情感一次湧入心頭，

而最讓我覺得痛苦的是「自責感」。

那個人說分手的理由是，

「因為沒感覺了」，

但我無法接受這個理由。

他是那麼的善良體貼，

是不是我做錯了什麼？

我不小心犯了什麼錯？

他會突然這樣，

一定是我有問題，

不然善良的他絕不會說出這種話。

一定有其他的理由，
所以我怨恨、自責，
對他感到抱歉。

過了一陣子的廢人生活後，
我得知他開始了一段新戀情。

我以為他和我分手後，
也一樣正在忍受痛苦折磨，
結果竟然沒多久就有了新對象，
這消息震撼了我。

否定他說「沒感覺了」的話，
突然察覺到這段時間，
竟然責怪自己多於抱怨他，
真是令人哀傷。

他不過是對我冷淡了，
並不是我對他做錯了什麼，
或是犯了不可原諒的大錯，
就只是因為他想和我分手罷了。

我在自己的身上尋找分手的理由，
真是太傻了。
因為迷戀離開的他，
不能好好照顧自己，
不由得感到後悔。

接受事實吧。
他雖然是善良之人，
但他對我無心，
所以離開我了。

別好奇他為什麼會這樣
別試著理解他的苦衷，
他就只是這種程度的傢伙罷了。

即使他善良，
即使他是好人，
離開你的事實仍不會改變。

你不需要為了一個離開的人，
長期責怪自己，
對他感到抱歉。

他離開是為了自己的安穩與幸福，
從現在開始，
你也要為自己的安穩與幸福過生活。

別躲在時間裡

有人說，
時間過了，不能理解的都能理解了。
不能和解的都自然和解了。

所以呢，
我經常想起他。

如果現在還能遇到他該有多好，
我經常這麼想。

回憶會被時間美化。
比起不好的記憶，更常想起的是美好的時刻；
比起受到的傷痛，更常想起他帶給我的幸福。
所以，每當這時都特別感傷，
特別想念當時的那個人。

不過，別躲在時間裡犯同樣的錯誤。

在那一刻，你確實痛過，他確實很壞。

他對你來說不是一個好人。

分手的隔天，

我在經常瀏覽的網站上，

留下這段文字：

「今天我分手了，

我可以遇到比他更好的人吧？」

隔天，有人留言了。

「是的，你可以遇到的。

而且你會明白，

那個人對你來說終究不是一個好人。」

離別後的領悟

1. 仍然會肚子餓。

2. 他是好人還是壞人不重要。

3. 離開的傢伙不會再回來。

4. 時間是解藥。

5. 他錯過了我，我一樣是漂亮與珍貴的人。

謝謝你，跟我分手

曾經聽過一句話，
說提分手那方的壞話是在折損自己的形象。

我同意這句話。

他曾經是我非常愛過的人，
和我一起共度美好時光的人，
因為分手，
所以說他壞話，
我覺得不太好。

最重要的是，
我不想因為他而壞了自己的形象。

不過在某些離別狀況下，
偶爾會出現這種想法。

「當初為什麼會愛上他？」的想法。

我沒有不好，
我也不想糾纏。

常會有人有這種想法，
所以現在誠實一點也沒關係。

雖然我不想損壞形象，
無法對任何人說，
但你真的不怎麼樣，就是個大壞蛋。

謝謝你，和我分手。

凌晨兩點

放下吧。

至今，
仍讓你擔心，
仍讓你不安，
仍讓你睡不著覺的那個人，
對你來說不是一個好人。

沒有所謂的「原來」

曾經與夢想中的理想型交往過，
只要和他在一起就很美好，
所以他說的任何話，
我都會接納與配合。

但漸漸他越來越恣意妄為，
而我在這情形之下，
依舊想與他維持關係，
常常想著不能對他說什麼，心吃了不少苦。

然有一天我與他之間出現了問題，
那天他也沒有考慮我的心情，
只照自己的想法做事。

我對他已經厭倦再厭倦，
於是第一次向他發火。
對愛人說出難聽的話，

不是一個很舒服的狀況。

所以我一邊生氣，一邊感到心痛。

但讓我更心痛的是，

他聽完我的話後的反應。

「為什麼這樣？」

「你原來是這麼冷酷的人嗎？」

他以受傷的表情說。

不曾思考自己的行為，

反倒責罵我是壞人，

裝出一副自己沒錯、受傷的表情。

與他交往，與他相愛，

對他好，我第一次感到後悔。

世上沒有所謂的「原來」。

我「原來」不是一個很會忍耐的人，
雖然我知道你的話是辯解，
但因為我想與你繼續維持關係，
於是成為一個會容忍你的人。

我「原來」不是一個沒有眼色的人，
雖然我知道你的話是謊言，
但因為不想失去你而裝作不知道，
於是成為一個會被你騙的人。

我「原來」不是一個憨厚的人，
雖然知道你的話是藉口，
但因為我不想打破我們的關係，
於是成為裝作沒事的人。

對一個認為你的犧牲是理所當然的人，

你必須告訴他這不是應當的，

這是你的努力與妥協。

別因為愛他，

別因為你喜歡他，

而接受容忍這一切。

對於不知感恩圖報的人，

我們不需要事事配合他。

沒有下次

下次。
我曾遇見過一個將這句話掛在嘴邊的人。

說一起去哪裡，
就回答下次一起去。
說想要一起做什麼事，
就回答下次再一起做。

剛開始以為是忙碌而不得已，
但隨時間流逝後才明白。

那個人不是忙，
單純只是厭倦這個情況。

如果是真心愛你的人，
不會每次都讓你等。

下次一起去，
下次再一起做。

下次，
下次。

無數次的跳過，
終將迎來離別。

別因為厭倦了，
就將與愛人一起共度的珍貴時光，
拖延到下次。

之後再來後悔，那個人早已遠遠離去。

Part 3

奇蹟般的事，
希望也發生
在我身上

奇蹟般的事，希望也發生在我身上

我喜歡的人 vs 喜歡我的人。

想起我曾看著這樣二選一的選擇題，
猶豫了好一陣子。

我喜歡的人，
可能不喜歡我，
或對我沒有特別關心，
或對我有關心，但不像我對他的那麼多。

喜歡我的人，
可能不是我喜歡的類型，
或是我不關心的人，
或是完全沒有把他當成戀愛對象。

在選擇的岔路口，

小時候常會選前者，

年紀大了以後多半改選後者。

但無論我與哪一邊交往，都無法幸福。

與我喜歡的人交往，

因為不知道對方在想什麼，所以感到不安。

與喜歡我的人交往，

因為沒有辦法報答，所以感到虧欠。

我喜歡的人剛好也喜歡我，

正是所謂奇蹟般的事。

但我還是想遇到這樣的人。

不是只有我喜歡他，

也不是只有他喜歡我，

我想要遇見一個彼此能夠心靈相通的人。

奇蹟般的事，

希望也發生在我身上。

真心期望，

大家身邊，

也能出現這樣奇蹟般的人。

我可以，再次戀愛嗎

瘋狂去愛某一個人，
瘋狂和某一個人爭吵，
相愛、爭吵、和解，
又再次相愛、爭吵與和解。

不斷反覆重演，最終迎接離別。
結束令人厭倦的戀愛後，產生的想法是，
我可以再次戀愛嗎？

對人產生厭倦，所以不想要再次與人交往。
和那個人戀愛，已經付出我全部的心意，
所以我能不能再次戀愛，
再次把自己的心交付給其他人，
我對此感到疑惑。

所謂愛情，所謂戀愛，
我默默發誓不會再做第二次。

但過一段時間後，

生命中又有新的人出現了。

無視於那些過往時光與煩惱，

擔心自己是否能夠再次戀愛。

我正在談一場幸福的戀愛。

時間偶爾會幫我們擦拭，

過了一段時間，一切都會變得沒事。

所以，正在閱讀的你也會沒事，

讓你痛苦的是與那個人的離別，

雖然此時此刻非常痛苦折磨，

但你很快就會沒事了。

在不遠的未來，將會有比他更好的人出現，

你一定會跟那個人一起談一場幸福的戀愛。

必須戀愛的理由

【戀愛的缺點】

1. 變胖。

2. 情感嚴重消磨。

3. 獨處的時間減少。

4. 不能隨心所欲見朋友。

5. 支出增加。

【戀愛的優點】

讓前述缺點都變得不重要,生活變幸福。

女人們的愛

我問戀愛中的朋友，
和戀人在一起做什麼事的時候最快樂，
她的回答是不用做什麼，
兩人在一起就很快樂了。

我又再問如果戀人不在身邊，就不快樂嗎？
她說即使不在身邊，想到對方就覺得快樂。

愛情不就是這樣嗎？

和那個人在一起就很快樂。
即使那個人不在身邊，也會想著那個人。
只要想到那個人就覺得幸福。

現在，請好好對待旁邊的另一半。
即使你不在身邊，
她也是只會想著你的幸福之人。

世上最愛

我問戀人的理想型是什麼？
他的理想型是善良可愛的女人。

所以我又在問，既然是善良可愛的女人，
為什麼要和我交往？

對方一秒都毫不猶豫地回答了。

「對我而言，妳是最善良可愛的。」

當時笑著帶過，
現在每次躺下要睡覺的時候，
想到那句話就不自覺微笑。

這世上，我是最善良，最可愛，
最惹人愛，最好的人。
請跟會這麼想的人交往。

記得

假如某個人喜歡我，
別懷疑他為什麼會喜歡我，
而要想，那個人真有看人的眼光啊！

因為你，
是比你所想的，
還更有魅力的人。

假如某個人討厭我，
別煩惱自己做錯什麼，
而要想那個人真沒看人的眼光啊！

因為你，
是比你所想的，
還更有魅力的人。

我想要遇見的人

曾交往過的人說我手很冰冷，
冬天不方便牽手，
所以送我手套當作禮物。
那之後總覺得冰冷的手是自己的缺點。

如果我的手再溫暖一點，
即使遇到寒冬，也能溫暖某個人的手吧？

很可惜，我的手不夠溫暖，
但這也是沒辦法的事。

隨著時間過去，我和那個人分手，
又遇見了另一個人，
他卻說喜歡我冰冷的手。

寒冷的冬天，他可以牽住我的手，
炎熱的夏天，我可以牽住他的手。

以冬天冷為藉口，

以夏天熱為藉口，

我們一年 365 天都能牽手，

看著喜愛的他，

我得到很大的慰藉。

與其守著不滿意你現在的樣子、

期望你能改變的人，

不如遇見喜愛你原來樣貌的那個人。

我想和那種人一起生活。

如果是你

常會有一個人的想法。

一個人吃飯，一個人走路，
一個人看著下雨風景，
一個人坐在熄了燈的房間裡。

有時候會因為一個人的感覺，
心情變得鬱悶。

那般孤獨的日子裡，
如果有人在我身邊就好了。

你不是一個人，你還有我不是嗎？
你在哪裡？我很擔心你，現在去找你好嗎？
多希望有一個可以這樣對我說的人。

還有，那個人，如果是我面前的你就好了。

你知道芒果鬱金香的花語嗎？

我曾與一個情感表達遲鈍的人交往。

喜歡也不會說喜歡，

當對方表達愛意時，

會感到不知所措的人。

那樣的人某天送了我一束花。

不是紀念日，也不是特別的日子。

突然送花讓我懵了。

問他為什麼送我花？

他說這是 Instagram 上人氣很高的芒果鬱金香，

想要買來送我。

聽完後，我努力裝作沒事，

但其實心情就像飛上天了似的。

情感表達遲鈍的人，

在人群眾多的街道上，

捧著這束花等我，我好高興。

收到對方送的花，感到開心的理由，

不是因為收到美麗的花，

而是對方為了我，到花店買花，

捧著等我的這段時間，

他無時無刻都在想我的心意。

那天散步，戀人開口說：

「你知道芒果鬱金香的花語嗎？」

「是什麼？」

「害羞的告白，永遠的愛。」

懂我價值的人

請跟會誇讚你的人交往。

頭髮綁起來真漂亮。
笑起來真漂亮。
眼睛真漂亮。
手指真漂亮。
臉頰肉真可愛。

一點細節都不放過，
請和愛自己全部一切的人交往。

有些人，
看著我閃亮亮的模樣，
也會覺得我厭煩，
但有些人連我不閃亮的時候，
都能懂得我的價值，待在我身邊。

即使我有一點不足之處，

但仍然愛我原來的樣貌，

珍惜我的人，請和這種人交往。

只期待我成為他心中完美的模樣，

別跟這種人交往。

讓過去埋藏在過去

有關現在交往對象的過往，別多過問。

在遇到我之前，見了哪些人，
談了什麼樣的戀愛，
雖然會好奇，不要多過問。

不管聽到什麼答案都不好。
如果聽到跟以前的人交往很美好，
會與自己做比較，折磨自己。

如果聽到跟以前的人交往不順利，
又會擔心和自己會不會也產生摩擦，
天天感到不安。

讓過去埋藏在過去。
無論如何他現在交往的人是你，
現在對那個人而言，你就是最珍貴的人。

可以讓我相信的人

漸漸越來越難對一個人打開心房。
因為是相信的人，所以付出全部的真心，
然而無條件的信任，卻常常被報以傷害。

最親近的人成了陌生人，
看著對方離開的模樣，
在已經知道這樣是多麼痛苦後，
漸漸越來越猶豫，
是否該認識新的人，
是否該付出我的真心。

我也想靠近彼此，
就這樣打開心房，
希望在我面前的你，
是一個可以讓我相信的人。

我想問你，我可以，靠近你嗎？

請與這樣的人交往

小時候，

曾被不經意展現冷漠，轉頭後又熱情照顧我，

這樣擁有反轉魅力的人吸引。

現在，

我喜歡單純、體貼、生活簡單的人。

長大後才知道。

偶爾照顧我的人，

雖然每一次都讓人感動，

但總是體貼的人，

是無時無刻都在讓人感動。

請你與始終如一對你體貼的人交往。

別跟偶爾才對你體貼一次的人交往。

拜託

在成為，
理解別人、
安慰別人、
愛別人的人之前。

先成為，
理解自己、
安慰自己、
愛自己的人。

請愛那個人的原貌

若是覺得某個人會因為我而改變，
那可是天大的錯覺。

希望別人為我改變，
期待某個人的變化，
從這一刻起，這段關係將開始變得不幸。

人不會輕易改變。

因為某個人、因為某個狀況，
也許會稍微改變，
但若非來自本人意志的變化，
很快就會本性畢露。

如果期望某個人變成自己想要的樣子，
要先想一想為什麼會期望他改變？

期望他改變，

是為了他好，

還是只是自己的貪念？

別想要改變他，

成為自己喜歡的樣子。

希望你可以成為，

喜歡他原來樣貌的人。

請跟認爲世界上我最漂亮的人交往

以前交往的男朋友，
都說我是世上最漂亮的人。

每天從不缺席，
見面的時候都對我說漂亮。

但當時我不相信那個人的話。

世上漂亮的人那麼多，
說我好，
是因為我是他女朋友的關係，
並非真心，
我是這麼想的。

時間久了以後，
我才明白那句話是真心的。

和那個人交往，
越來越喜歡那個人，
那個人的一切都覺得很美，
對那個人的愛慕之心越大，
那個人的一切都覺得很好。

真心喜歡一個人，
對那個人的一切都覺得很好，
也會都覺得一切很美。
我現在才知道這件事。

請跟認為我最漂亮的人交往。

因為太喜歡我，
所以覺得我的一切都很美。
認為世上我最好，
請跟這樣的人相愛。

Part 4

又再一次想戀愛了

幸福的型態

所謂的幸福是什麼？

安靜抬起頭，
看著你。

這是我的回答。

所謂的幸福是什麼？
小時候常回答賺很多錢，
稍微長大後，
回答是我期望的夢想，
都能全部實現。

怎麼做才能賺更多錢？
怎麼做才能更快實現夢想？
因為這些想法，
所以我們總覺得幸福在遠方。

認真努力實現，

才是幸福。

比起當時又年長好幾歲後，

我發現幸福，

不用很偉大。

只是我不懂罷了。

幸福一直都在我最靠近的地方。

致我

早晨睜開眼，
希望可以不擔心和焦躁，
以興奮的心情開啟一天。

睡覺前想到的臉龐，
希望不是傷害我的那些人，
而是我愛的那些人。

想要做的事情擺在眼前，
一整天，
充滿好人與好消息。

在充滿美好的日子裡，
希望遇到美好的人，
展開一場美好的愛情。

聯誼

〈我〉

他說我眼睛真漂亮。
但如果脫下口罩看起來很醜,
該怎麼辦?

看到我脫下口罩的樣子,
他說我不只眼睛,都很漂亮,
微微笑起來的樣子,
我又墜入愛河了。

〈他〉

不只有眼睛很漂亮。

脫下口罩對上眼的瞬間，

我不自覺驚嘆出口，

如果她覺得這句話聽起來很有負擔，

該怎麼辦？

心情愉悅的燦爛笑容，

太惹人喜愛了，

我又墜入愛河了。

又再一次想戀愛了

雖然見過，
很多笑容美麗的人。

真的真的真的真的真的真的
真的真的真的真的真的真的
第一次見到，
這麼這麼這麼這麼這麼這麼
這麼這麼這麼這麼這麼這麼
笑容美麗的人。

所以常常笑吧。
你的笑容最美麗。

只不過

因為喜歡，是喜歡的，
所以說喜歡，就是這樣罷了。
還需要說什麼嗎？

要我想一下，喜歡你的理由，
因為太多而數不清。
突然要以言語表達，
要我說出喜歡的理由，
真不知道該怎麼說。

因此，我說「只不過」。

喜歡你的理由，超過數千數萬個，
但總結來說，

我，只不過，
就是，喜歡你。

戀愛好嗎？

會很好的。

當然交往過程中不只有好日子。
也會因為小問題而爭吵，
也會因為誤會而傷心難過。
怎麼可能只有好的時候。

但戀愛這件事，
本來就是彼此配合。

你說辛苦，因為什麼而辛苦；
你說受傷，因為什麼而受傷；
你誤會我，因為什麼而誤會我。

我總是關心你，
傾聽你說話。

雖然不能每天都很好，
但是我們要努力把每天過好。

所以，跟我談戀愛吧！

忽然之間

早晨睜開眼，
突然有了這樣的想法。

忽然之間，
現在這一刻，
你也在想我的話就好了。
這樣的想法。

希望你忽然之間想到我，
現在這一刻想到我，
早晨睜開眼想到我，
看到漂亮的東西想到我，
睡覺之前想到我，
一整天都在想我。

現在閱讀這段文字也想到我。

對了

跟你一起熬夜，
互相傳送沒什麼內容的訊息。

一看，
再看，
看了，
又看，
還看，
現在還在看。

這是愛嗎？

有一些看了就能得到慰藉，
有一些想到就心情很好。

家門口花盆裡盛開的花，
一絲雲朵都沒有的藍天，
波濤蕩漾的冬天大海，
還有在我房間床上睡午覺的狗狗。

還有，對你的所有一切。

喜歡你的理由

你真是奇怪的人。

在沒有我的地方，
溫柔說著關於我的故事。
可是一站在我面前，
卻連我的名字都不敢呼喊。

假裝對我毫不關心，
卻在我看向其他地方時，
呆呆地看著我。

如果和我對到眼，
就慌慌張張避開視線。

真是奇怪的人。

說不出「喜歡你」三個字，
卻會不經意地說出「偶爾會突然想到你」。

說不出「我愛你」三個字，
卻會說「偶爾會突然想見你」讓我心動。

喜歡你。

絲毫不敢靠近我的人，
但滿心滿眼都是我的人。

你，太讓人感動了

讓我感動的都是那些瑣碎小事。

冰冷的手握住的熱咖啡。
想讓我笑的冷笑話。
心情鬱悶時送的一塊巧克力。
記得不經意說過的話。
像是照顧人的一句「沒事嗎？」
常常因為覺得理所當然而忽略。
太過瑣碎的小事很快就忘了。

現在我要把這些生活中的碎片，
一個一個都記下來。

對身邊的人懷抱感恩，
感謝這麼溫暖的好人在我身邊。

傻瓜啊

說下雨想起你是騙人的。
其實我每天都在想你。

在好天氣的日子裡，
因為天氣好。

在下雨的日子裡，
因為下雨。

在吹風的日子裡，
因為吹風。

無時無刻都在想你。

我想對你說：
「因為無聊所以聯絡你。」
這其實是我想聯絡你的藉口。

「因為睡不著所以打電話給你。」
這是我想聽你聲音的藉口。

傻瓜啊，我喜歡你。

喜歡誰的時候

【症狀】

1. 好奇。

2. 整天想到你。

3. 看著你就心情好。

4. 全世界變得都很美好。

5. 因為普通的一句話而發笑。

6. 想要為瑣碎的小事賦予意義。

7. 只想說好聽的話。

8. 但我偶爾也會不自覺說出不好聽的話。

9. 偶爾也會覺得辛苦、不順心。

10. 但還是不想要停止喜歡。

你是

彷彿不知道黑暗的人，
一直閃閃發光。

彷彿不知道陰影的人，
一直積極溫暖。

彷彿不知道愁苦的人，
一直惹人喜愛。

按讚

聽你說，
只會對真的喜歡的照片「按讚」，
我下定決心，
往後只對你的照片「按讚」。
你知道嗎？

我喜歡你。
我只喜歡你。

我，我喜歡堂堂正正喜歡我的人。

連身邊的人都知道，
無論 Instagram、Facebook 或 Kakao 大頭照，
我全都上傳你和我一起拍的情侶照。
我喜歡堂堂正正，
告訴別人「這是我女朋友」的人。

以幼稚的理由，以朋友會取笑的理由，
以各種藉口，隱瞞我是女朋友的事實，
這種人我不要。

喜歡我就說喜歡，
超級喜歡我就說超級喜歡，
我喜歡堂堂正正喜歡我的人。

致你

如果我說受傷，
別追究，
哄哄我受傷的心靈。

如果我說難過，
不用理解我，
只要緊緊抱住我。

這樣就可以了。

致朋友

我不怎麼樣嗎？
希望不要是讓我揪心的人。

我這麼好嗎？
請遇見讓我心動的人。

理想型

喜歡誠實表達情感的人。

說不知道什麼是欲擒故縱，
但明知道有訊息卻不馬上確認，
等了 20 分鐘才確認。

或明明每天早上都會聯絡，
某天卻突然一直到晚上都不聯絡，
不要是用這種方式讓我焦慮的人。

喜歡就說喜歡，
想見面就說想見面，
不隱藏或計算自己的心，
誠實表達此時此刻對我的心意，
我喜歡這種人。

因為太喜歡，
我說「想你」的這句話，
無法隱藏澎派的內心，
所以也對我說「我也想死你了」。

我喜歡這樣誠實的人。

與你相遇

人要與和自己相像的人相遇。

因此，
美麗溫暖的你，
請和美麗溫暖的人交往。

大成功

成功的人生有什麼？

即使有 100 位會讓人想打他的人，
但只要有 1 位會讓我想為他付出一切，
這就是成功的人生，不是嗎？

日落時分，坐在窗邊，
看著晚霞映照的山丘，
有了今天勢必要死的念頭。

念頭浮現的那一剎那，
有一則訊息傳來。

「最近很累吧？」

這瞬間，我又想繼續活下去了。

偶爾好奇

今天也這麼漂亮，
明天一定更漂亮了吧？

你。

讀到一半開始發呆，
想你的時間越來越長，
看你的照片，一個人噗哧偷笑的時間變多了。
好奇你現在正在做什麼，
成為我的日常。

現在好像有點懂了。

想你，
代表我有多喜歡你。
好奇你在做什麼，
代表我無時無刻都想和你在一起。

遇見你後我更愛自己了

聽到你說「你的手真涼爽」。
讓我有了「我的手不冰冷，是涼爽」的想法。
聽到你說「你真細心」。
讓我有了「我不是敏感，是細心」的想法。

因為你，我明白了。

我不是冰冷又敏感的人。

我是如此涼爽，
又細心的人。

與你相遇，
我喜歡上你。
並發現，
我也是如此不錯的人。

春天

希望那個會陪在你旁邊，
讓你今天，
不孤單且漂亮善良的人，
今天也停留在身邊吧。

請戀愛吧

一天下來覺得疲累，
帶著希望明天不要來臨的想法，
進入睡夢中。
早晨睜開眼，
帶著希望地球快點毀滅的想法，
開啟一天。

重複過著無趣厭倦的生活，
直到遇見你後，我的生活變了。

睡覺前，光想著你就覺得開心，
早上聽到你的聲音，一整天都覺得很幸福。

別因為現在的生活不夠悠哉，
因為自己太累，
而延遲去愛一個人。

積極地去愛，
積極地去戀愛吧。

愛一個人，
跟一個人戀愛，
他在你身旁，
足以讓生活閃耀。

你看起來很好。

一如往常，
微笑著，
很漂亮。

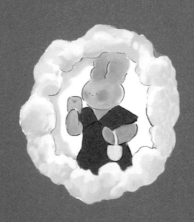

■ 高寶書版集團
gobooks.com.tw

高寶文學 080
後來，我總算學會如何去愛
너를 만나, 나를 더 사랑하게 되었어

作　　者	金憼珍김민진
繪　　者	李玟周이민주
譯　　者	陳彥樺
主　　編	吳珮旻
編　　輯	鄭淇丰
封面設計	林政嘉
內頁排版	賴姵均
企　　劃	何嘉雯
版　　權	張莎凌

發 行 人	朱凱蕾
出　　版	英屬維京群島商高寶國際有限公司台灣分公司
	Global Group Holdings, Ltd.
地　　址	台北市內湖區洲子街 88 號 3 樓
網　　址	gobooks.com.tw
電　　話	(02) 27992788
電　　郵	readers@gobooks.com.tw（讀者服務部）
傳　　真	出版部　(02) 27990909　行銷部 (02) 27993088
郵政劃撥	19394552
戶　　名	英屬維京群島商高寶國際有限公司台灣分公司
發　　行	英屬維京群島商高寶國際有限公司台灣分公司
初版日期	2022 年 11 月

"너를 만나, 나를 더 사랑하게 되었어"
Text Copyright © 2021 by Min Jin Kim
Illustration Copyright © 2021 by Min Ju Lee
All rights reserved.
Originally Korean edition published by NEXUS Co., Ltd.
The Traditional Chinese Language edition © 2022 GLOBAL GROUP HOLDING LTD.
The Traditional Chinese translation rights arranged with NEXUS Co.,Ltd., Korea
through M.J Agency.

國家圖書館出版品預行編目（CIP）資料

後來，我總算學會如何去愛 / 金憼珍著；陳彥樺譯. --
初版. -- 臺北市：英屬維京群島商高寶國際有限公司臺
灣分公司, 2022.11
　　面；　公分 --（高寶文學：080）

譯自：너를 만나, 나를 더 사랑하게 되었어

ISBN 978-986-506-550-8(平裝)

862.6　　　　　　　　　　　　　　111016018